AZ ERDŐ ANGYALAI

MAGYAR ZSOLT
2016
Publio Kiadó
www.publio.hu
Minden jog fenntartva!
Korrektúra: Vörös Eszter

ELŐSZÓ

Valóban léteznek angyalok? Sokan vannak, akik vallják: igen! Szerintük az angyalok fáradhatatlanul tüsténkednek földünk lakói körül, áldásos ténykedésüket kifejtve segítik azok cseppet sem könnyű életét. Képesek enyhíteni a testi vagy éppen lelki fájdalmat; reménysugarat vetni keseredett szívek árnyékára; sorsok s életutak jótékony egyengetésére. Ott vannak és dolgoznak töretlenül, hol nagy a baj, hol elkél a csoda; de ott is bizton számíthatunk rájuk, hol csak egy kis jó szándék vagy lelkierő szükségeltetik.

Az észrevétlen jelenlét a legfőbb ismérvük e bájos fénylényeknek, kik emberi szemnek többnyire láthatatlanok, csak az arra leginkább érdemeseknek fedik fel kilétüket. Ám aki igazán hisz létezésükben, az gyakorta érzi közelségüket, ugyanis számos apró jelzéssel fejezik ki hálájukat.

Vannak, akik mosolyra fakadnak hírük hallatán, s csak valamilyen hiteles bizonyíték győzhetné meg őket. Meg lehet érteni, de egyet senki sem vonhat kétségbe: róluk mindenfelé beszélnek, őket szinte mindenki ismeri szerte a nagyvilágban, s már pici gyermekkorban, majdhogynem az anyatejjel szívjuk magunkba, hogy az angyalok milyen jók.

Vannak, akik hiszik, hogy ott vannak ők mindenhol, mindnyájunk közelében;kinek a tudatában;kinek a szívében vagy éppen a lelkében; vagy csak egyszerűen a képzeletben.

Akik hisznek bennük azt vallják róluk:keményen küzdenek, és sokat dolgoznak, hogy szebb és jobb legyen a világ, hogy továűzzék a bajt és a rosszat. Csodákra képesek és éberen őrködnek felettünk, ám időnként ők is tehetetlenek. Ilyenkor sem csüggednek, nem adják fel, hanem újult erővel ténykednek tovább ott, hol szükség van rájuk. Sokat köszönhetünk nekik, de ők cserébe nem várnak mást, mint egy kis jóságot és szeretetet, némi melegséget a szívbe, s nem kérnek csak annyit: éljünk kicsit úgy, legyünk picit olyanok, akár az angyalok!

BEVEZETÉS

Zsenge szellő lengedezett a komor arcát mutató fagyos rengeteg fölött. Ameddig csak a szem ellátott, mindenhol az ég felé nyújtózkodó terebélyes fák posztoltak sok tonnás téli viseletük súlya alatt rogyadozva.

Szépnek ugyan szép, gondolta a szellő, de közel sem oly barátságos, mint amikor zöld lombkoronák szövevényes sűrűje zúg-búg és susog, dalra fakasztva az erdő vígkedélyű tollas kis lakóit. Mindez azonban nem keserítette őt, hisz nem olyan fényből faragták, s nem is az a küldetése, hogy sajnálkozzon.

Csak egy pillanatig tartott mélázása, aztán fürgén repdesett tovább, cikázott össze-vissza, megcirógatta az útjába kerülő fák jeges üstökét, gyengéden megrázta hófedte ágaikat, hadd szabaduljanak súlyos terheiktől, amit ők hálás bólogatással viszonoztak. Pajkos játszadozásba kezdett egy élelem után kutató őzcsorda kecses tagjaival, de a madáretető körül tüsténkedő széncinkék sem úszták meg tollborzolgatás nélkül; bekukkantott egy eldugott rókalyukba is, hol apróka időt töltött a viháncoló kis rókákkal.

Nem is oly rideg ez a táj, állapította meg kedélyesen, aztán tovaillant, mert még rengeteg elintézetlen dolga akadt.

Rövid kószálást követően mesés tisztás fölé érkezett: közepén befagyott kis tó, melynek partján rönkfából épült takaros házikó húzódott meg. A kis szellő gondolt egyet és zutty, leereszkedett a kéményen, alaposan megtornáztatva a kandallóban vidáman pattogó lángnyelveket.

Jól fűtött, barátságos és tágas helyiségben találta magát. Egy hosszú és faragott lábú asztalnál népes család vacsorázott jóízűen, szemmel látható és füllel hallható derűvel fűszerezve a meghitt estét. Hosszú szőrű kölyökkutyus lapult az egyik szék lábánál, árgus szemekkel figyelve, mikor csurran-cseppen néhány finom falat neki is. Időnként nyelt egy nagyot, s legszívesebben az asztal közepére ugrott volna, vállalva tettének súlyos következményeit. Izmai megfeszültek, s csak a végső elhatározás hiányzott neveletlen tettének elkövetéséhez, mikor valami furcsa és ismeretlen erő – mit látni nem, inkább érezni volt képes – megcsiklandozta orrát, azután húzkodta lompos farkát, s ezt megismételte többször egymás után.

Szegény kutyus azt sem tudta, merre kapjon ilyen incselkedés megtorlásaként, minek következtében csak forgolódott saját tengelye körül kergetve farkát, nagy derültséget gerjesztve az egész okáról mit sem sejtő asztaltársaság tagjaiban. Végül a kis szellő úrrá lett csintalanságán, na meg az emberek figyelmét sem akarta jobban felkelteni, így aztán ahogy jött, úgy távozott is, röpke ideig újfent megzavarva a táncoló lángnyelveket.

Jóleső melegség járta át lelkét, miközben továszállt a nagy hidegben. Lent a mélyben csörgedező kis patak vívta ádáz csatáját a mind nagyobb erőre kapó jégpáncéllal. Alászállt a szellő és végigsimított a még szabadon maradt vízfelületen. Hirtelen egy kunyhónál találta magát, s bár cseppet sem nyújtott biztató látványt, neki oda is be kellett kukkantania.

A falba ütött tenyérnyi lyukon kivezetett kályhacső ontotta fojtogató füstjét, ami nem tűnt kellemes útvonalnak, így jobbnak látta az ajtó alatti résen áttuszkolnia magát.Lehangoló helyiségbe érkezett, ahol mindössze egy rozoga asztal két székkel, egy ütött-kopott szekrény, egy ormótlan vaskályha, egy tákolt ágy szolgált berendezés gyanánt.

Az asztalnál torzonborz külsejű, szakadt ruházatú férfi ült, épp bort öntött magának, majd zavaros tekintetét a plafonra szegezve le is engedte torkán a pohár tartalmát.

A kályha melletti sarokban állapotos nő ült, nagy odafigyeléssel babaruhát kötött, időnként megpihent és szomorúan merengett kifelé az egyetlen ablakon, majd folytatta ténykedését. Kopottas, de tiszta ruházatot viselt, gömbölyű hasát pokróccal fedte. Arca és tekintete sok szenvedésről, ám egyben határtalan elszántságról árulkodott. Láthatóan fázott, hiába ontotta melegét a kályha, az gyorsan elszökött a számos résen és lyukon keresztül.

A férfi újra pohara után nyúlt, mire megborzongott a kis szellő, s mielőtt fújni kezdett volna, kiszabadította magát a lidércnyomásos helyről.

1.

Gyermeki kacaj vegyült fojtott hangú kutyacsaholással. Az erdészház nappalijának kitárt ablakán tódult be a friss levegő, a bíbor színű szőnyegen négy gyermek hancúrozott a kölyökkutyával. A kandalló előtt középkorú férfi és nő állt egymásba karolva, boldogságtól sugárzó arccal élvezték az elébük táruló látványt.

A kutyus kedvére váltogatta játszótársait, kajla mozdulatokkal ugrált, szökellt egyik gyermektől a másikig. A legkisebb leány, aki úgy öt-hat évesnek nézett ki, szövetkezett legnagyobb – a kamaszkor ajtaján éppen csak bekopogtató – testvérével, s egy óvatlan pillanatban elkapták és megpróbálták földre tiporni a pajkos kedvű négylábút. Az viszont ügyesen ugrott ki támadói alól, akik nagyot huppanva terültek el a szőnyegen.

– Kicsi a rakás, nagyot kíván! – kiáltott egyikük, mire a többiek is habozás nélkül odaszaladtak, s szemvillanásnyi idő múltán együtt kapálóztak mind a négyen.

A kutyus kellő távolságból, lógó nyelvvel figyelt és nem értette, mi lelte az embereket.

– Látod, mindannyinkra átragadt! – lépett hozzá a férfi, majd végigsimított buksi fején. – Persze, nekem is tetszett a vacsorához mellékelt magánszámod, te kelekótya eb.

– Cuki a becses neve, ha lenne valaki családunk tagjai közül, aki nem tudná! A kelekótya jelzőért pedig az esti mosogatást képzelném el méltó büntetés gyanánt – kelt a kutyus védelmére a kellemes hangú nő, s rögvest elővarázsolt egy kötényt és incselkedve a férfi nyakába aggatta.

– Tessék, mielőtt a ruházatáért kezdene aggódni az én László kedvesem!

– Látod, látod, te ketyekóla eb! Felettébb élvezetes elfoglaltságot intéztél nekem! – zsörtölődött a férfi, miközben felállt és belecsípett kajánul vigyorgó párjába, majd elballagott a konyha irányába.

Időközben a földről feltápászkodó legkisebb gyermek odaszaladt a nőhöz, bájos mozdulattal átölelte derekát és ellenállhatatlan tekintettel felkéredzkedett karjaiba.

– Mit szeretne az én gyöngyszemem? Látom, nagyon vágyakozik valamire! – kérdezte a nő, miközben kebléhez szorította a pici fejét.

A kislány élvezte az állapotot néhány másodpercig, aztán kérlelni kezdte:

– Anita, ugye ma is mesélsz elalvás előtt?

– Hát, majd meglátjuk – kellette magát Anita.

– Kérlek, kérlek, kérlek! – rimánkodott a kicsi.

– Most ügyesen megfürdesz, utána összepakolsz a szobádban, majd megveted az ágyad. Addig én végzek a dolgommal, azután pedig jövök hozzád. Megfelel a menetrend, Brigi kisasszony?

– Ügyes leszek, ígérem, de siess, kérlek! – válaszolt a kislány, s indult is szapora léptekkel.

– Szép legyen ám a szobád! – szólt még vissza Anita kedélyesen és a konyha felé vette az irányt, ahonnan egyre aggasztóbb csörömpölés hallatszott.

László színlelt buzgalommal próbált ügyeskedni a temérdek mosatlan eltüntetésén, persze tisztában volt vele, kedvese úgysem képes nézni szenvedését, na meg túl törékeny a környezet egy férfi számára. Számítása tökéletesen bevált, mert éppen hogy belépett Anita, máris mosolyra fakadt, miközben odalopakodott Lászlóhoz és gyengéden átkarolta hátulról, majd fülébe súgta:

– Hess innen, hős szivacslovagom, mielőtt maradandó egészségkárosodást szenvednél!

– Lassan a testtel, sosem végzek félmunkát! – kellette magát a férfi színlelt komolysággal.

– A félmunkától még fényévnyi távolság választ el drágám, s ha nem akarod innen csodálni a hajnalhasadtát, inkább add át a helyed egy arra megfelelőbbnek – győzködött Anita némi éllel, mire László kapva kapott az alkalmon.

– Igazad van, mindenkit a megfelelő helyre! – mondta, majd csókkal fejezte ki megkönnyebbülését és gyorsan eliszkolt. Azért visszaszólt az ajtóból. – Megyek és személyesen irányítom a nagylányokat, míg rendbe teszik az ebédlőt. Mindenkit a megfelelő helyre!

Anita legyintett bal kezével, azután nagy szorgalommal nekilátott a cseppet sem szívderítő látványként ható mosatlan edények, tálak, evőeszközök tömkelegének eltüntetéséhez. Mindez őt nem igazán keserítette, sőt önmaga szórakoztatása gyanánt vidám éneklésbe kezdett, mialatt gondolataival a múltba merült.

Sikeres, befutott popsztárként járta az országot fellépésről fellépésre, lemezei vezették az eladási listákat, számtalan sláger fűződött nevéhez. Szerette a szakmáját, elégedett volt életével, s akkor még nem is sejthette: az igazi boldogság, csak később vetődik útjába.

Így volt ez egészen addig, míg egy koncertet követően meg nem pillantotta Lászlót ácsorogni az autogramra várók kígyózó sorában. Kissé furcsállta a meglett korú, szigorú arckifejezésű férfi jelenlétét a féktelen tinik társaságában, de hamar fény derült rá, hogy a szakmai konferencián részt vevő erdész gyermekei megbízatásának tesz eleget. Magának nem is kért fényképet, nemes egyszerűséggel beérte a vacsorameghívására adott igenlő válasszal.

Anita sosem volt ily könnyelmű korábban, ám amikor egymás szemébe néztek, ő tudta: ezt a férfit várja időtlen idők óta. Úgy érezte, mintha vezérelnék, oly ismerősnek találta Lászlót rögtön az első pillanatban, s oly törvényszerűnek tűnt a találkozásuk.

László egy természetvédelmi területért felelt, és az erdő közepén élt négy leányával. Felesége nem sokkal legkisebb gyermekük születése után meghalt autóbalesetben. A megözvegyült férfi egyedül nevelte gyermekeit, s gondolni se merte, hogy pár magányos és küzdelmes év után keresztezi valaki az útját, s pont egy popkoncerten.

Fellobbanó szerelmük nem bizonyult szalmalángnak, hatalmas és perzselő tűzzé erősödött, olyannyira, hogy Anita azon vette észre magát: egyre sűrűbben fontolgatja visszavonulását.

Igaz, sokat köszönhetett az éneklésnek, s pályafutása magában hordozta még néhány sikeres év lehetőségét, de szíve mélyén nem erre vágyott. Ő a szeretett férfivel akart lenni, s nem elvétve egy-egy napot, bujdokolva keresni a nyugalmat, hogy zavartalanul élvezzék az édes együttlétet. Sóvárgása oda vezetett, hogy az erdő mélyén lelte magát egy mesés birodalomban, ahol nemes feladatként négy gyermekről való gondoskodást osztott neki a sors.

Hihetetlenül boldognak érezte magát, s ez máig nem változott. Mindig is rajongott a természetért, bár életmódjának köszönhetően eltávolodott tőle, de amikor ilyen közelségébe került, akkor döbbent rá igazán, mit is jelent számára valójában. A tudatalattijában valahol erre az életre vágyott akkor is, amikor sikert sikerre halmozott, rajongás és elismerés övezte minden léptét. Egy icipici, megmagyarázhatatlan elégedetlenség, kis hiányérzet állandóan ott lakozott szívében, melyről nem tudta honnan fakad, s van-e rá gyógyír.

Már tudja, s azt is, hogy megérkezett. Az élete a helyén van, mindig is erre vágyott és ide tartozott, s gyakorta érzi nagyon erősen, sőt valami azt sugallja: hosszú-hosszú idő óta a léte, az ifjúkora és a popszakmában eltöltött időszak csak egy rövidke kitérő volt. A négy gyermekről való gondoskodás felelőssége külön örömmel töltötte el lelkét.

Anita sokat kapott az élettől, s meggyőződése, hogy adni is kell, de ez neki egyáltalán nem esik nehezére, s talán ezért is mondhatja magát oly felhőtlenül boldognak. Persze, volna oka panaszra is, de nemes beletörődéssel viseli élete egyetlen szomorú fejleményét: korábbi betegségéből kifolyólag sosem szülhet gyermeket.

Úgy látja, kárpótolta őt a sors László gyermekeivel, akik tisztelik, becsülik, de leginkább szeretik, s némi hiányérzete csak azért lehet, hogy csecsemőként nem nevelhette őket, s e fantasztikus érzésről örökre le kell mondania. Talán ezért is fordít oly sok gondot és energiát az állatok gondozására és nevelésére.

Van egy állatmenhely az erdészház közelében, László létesítette Anita kedvéért. Összegyűjtik a kis erdei árvákat, felnevelik, majd életerősen szabadjára engedik őket. Megfordult azon a helyen mindenféle erdőlakó: őzgida, csíkos vadmalac, tapsifüles nyuszika, kis róka, s még szarvasborjú is. Külön részlegük van a tollasoknak, hol nemcsak gondozás, hanem keltetés is folyik. Természetesen Anita kedvenc háziállatainak is jut egy szeglet, s menedéket lelhetnek a segítségre szoruló kutyusok. Van velük dolog, nem is kevés, ám az egész család szívügyeként kezeli az állatok védelmét, s így nem annyira megterhelő a feladat.

Időközben eltűntek a mosatlan kupacok, katonás rendben sorakoztak a tisztára mosott evőeszközök a szárítóban. Anita laza csuklómozdulattal dobta elrongyolódott szivacsát a kukába, majd fürge léptekkel felszaladt a csigalépcsőn az emeletre, ahol már nagyon várták, hogy eleget tegyen lefekvés előtti legfontosabb feladatának.

A sötétítőfüggöny melletti résen beszökött egy kósza holdsugár, nyomában ritkult a sötét. A szobában csend honolt és álmosító félhomály. Brigi nyakig betakarózva feküdt rózsaszín ágyneművel vetett fekhelyén, s erősen fülelt, mikor észleli végre Anita közeledő lépteinek neszét.

Ez be is következett pár perc múltán, a kislány tapsikolt örömében, amikor nyílott az ajtó és belépett Anita, aki rózsaszín köntöst viselt, derekán feszülő övvel, minek köszönhetően jól kivehető volt sudár testének alakja. Halványzöld gyertyát tartott kezében, amit egy asztalkára helyezett, s miután meggyújtotta, finom almaillat árasztotta el a hangulatos szobát. Helyet foglalt a kiságy mellé gondosan odakészített karosszékben, gyengéden megcirógatta Brigi arcocskáját, azután árnyalatnyi mosollyal arcán beszédre nyíltak ajkai.

– Ma este a Csudamanó csodacsókjáról fogok egy izgalmas történetet mesélni – kezdte, s másodperceken belül olyan mélyen belemerült foglalatosságába, hogy észre sem vette a nesztelenül beosonó Lászlót, aki csendesen meghúzódott az egyik sötét sarokban. Vállát a falnak támasztotta, karjait egymásba fonva mellkasán pihentette, s őszinte csodálattal arcán, szinte megbabonázva figyelte szeretteit.

Néha-néha nem hitt a szemének, de még az esze sem volt képes meggyőzni és álomnak vélte mindazt, mi történik vele azon bizonyos koncert óta. A sors kegyes ajándékaként tekint a nőre, akit nagyvonalúan útjába sodort azon a forró nyári estén.

Korábban egy rongyrázó popcsillagnak tartotta Anitát, akinek lövése sincs az élet dolgairól, s ha gyermekei nem veszik úgy zokon, még a televíziót is átkapcsolta volna egy másik csatornára, akárhányszor meghallotta a hangját. De ők rajongtak érte, olyannyira, hogy – bár hatalmas erőfeszítések árán – rávették apjukat, szerezzen már nekik autogramot, ha épp abba a városba szólítja munkája, ahol Anita éppen koncertezik.

Így történt aztán, hogy a gyermekeiért mindenre elszánt apuka végigszenvedte a több mint kétórás előadást, majd kibírta valahogy a sorbaállást és várakozást a hőn óhajtott ereklyékért. S pont akkor, amikor már éppen világgá akart szaladni kínjában, megjelent a lebecsült nő, s nemes egyszerűséggel osztogatta írásos kegyeit, miközben mindenkihez volt egy-egy kedves szava.

Lászlónak feltűnt, mily nemes arcvonásai vannak közelről nézve, s épp azon töprengett, mennyire más személyiségnek tűnik a színpadon, mikor arra eszmélt, hogy ott áll karnyújtásnyira tőle, s tekintetük mélyen, a másik lelkéig hatolóan, egymásra lelt.

Tudni se lehet, mennyi ideig, de megállt az élet körülöttük. Ő maga sem érti, honnan támadt a vacsorameghívásos ötlete első mondata gyanánt. Nem hitt a fülének a beleegyező válasz hallatán, de az egyik fénykép hátlapjára firkantott telefonszám elég meggyőzőnek bizonyult. Fel sem ocsúdhatott, Anita máris továbbsodródott, s lényéből fakadó boldogsággal élvezte közönsége szeretetét.

Egész éjjel ébren volt, nem jött álom a szemére. Vagy azokat a hihetetlenül tiszta és szelíd, érzelmektől sugárzó, csodálatosan szép barna szemeket látta újra meg újra; vagy pedig szorongató gondolatai gerjesztették lelkére települő félelmeit.

Voltak nagy szerelmek az életében, de kivétel nélkül mind kudarccal végződött. Volt az úgy, hogy becsapták és megcsalták, de volt olyan is, hogy kényszerűségből elhagyták, vagy ő mondta ki a végső szót, önmagának is csalódást okozva. Mindezek ellenére hitt a boldogságban, s mikor végre révbe ért, akkor a halál ragadta el szívszerelmét, négy leányuk édesanyját.

„Azért szeressek, hogy csalódjak?" tette fel a kérdést, mikor a gyász enyhültével elkezdett a jövőjéről gondolkodni, s biztos volt benne: ebből többet nem kér. A gyermekeiről való gondoskodását érezte egyetlen feladatának, amit önfeláldozóan tudomásul vett és vasakarattal szíve egyik szegletébe zárta feltörni vágyó érzelmeit.

Most viszont kelepcében érezte magát. Valahányszor erőt vett gyengeségén és kidobni készült azt a képet hátulján a telefonszámmal, felragyogott előtte az a csodás szempár, bármerre is fordította fejét. Hajnaltájt belátta, alulmaradt akaratával szemben. Bosszúsan legyintett, s eldöntötte, fel fogja hívni.

– Legfeljebb világgá fut a négy csemete hallatán – gondolkodott hangosan, s kissé megnyugodva a véletlenre bízta ügyét.

Ez aztán nem jött be! Még csak a gulyáslevest kortyolgatták némi fújkálást követően, Anita máris kifejtette: szerinte nincsenek véletlenek, s annak oka van, hogy tudatalattija által vezérelve megadta a számát egy ismeretlen férfinek, s most együtt vacsoráznak. Duna-parti séta zárta varázslatos estéjüket, ahol egy óvatlan pillanatban László megszorította Anita kezét, tekintetük ismét egymásba mélyedt, szívük egyre hevesebben, ám egy ütemre vert.

–Azért szeressünk, hogy csalódjunk? – kérdezte László egészen váratlanul.

– Sosem csalódtam, de még nem is szerettem igaz szerelemmel – hangzott az erőtlen válasz, ami bevezetője volt első csókjuknak. Megállt az idő, csak egymást érzékelték, míg a csillagok fénye vetett áldást rájuk, alant a Duna vizének csobogása muzsikált kedélyesen, s a fölöttük tornyosuló kucsmafejű fűz végigsimított rajtuk lágy szellő által ringatott lekonyuló gallyaival.

Érezte a nő illatát, minden porcikáját, szívének-lelkének rezdülését, s azt is: sosem fog szenvedni, sem csalódást okozni vele kapcsolatban. Ebben teljesen biztos volt akkor, s azóta is mindig, mintha valamilyen felfoghatatlan erő kitörölhetetlenül belevéste volna tudatába.

Szerelmük azóta is kölcsönös érzelemre, megbecsülésre, tiszteletre és folyton izzó vágyakra épül, elhalmozva egymást rengeteg figyelemmel és gondoskodással. Mindent megadnak egymásnak, amire csak ember képes, és pont ez az, ami néha töprengésre készteti Lászlót.

Míg László visszapergette emlékeit, Anita hosszasan mesélt a lelkesen figyelő kislánynak. Olyannyira elmerültek a mesék világában, hogy László kénytelen volt közbelépni és figyelmeztetni őket, mily későre jár. Brigi azonmód heves tiltakozásba kezdett, de az arcocskáján cuppanó jóéjtpuszik átmeneti megadásra késztették.

Nem tartott sokáig. Anita keze a kilincsen pihent, épp nyitni készült az ajtót, mikor felcsendült Brigi hangja.

– Anita, az angyalokról nem is mesélsz?

– Tessék? – fordult meg a nő, s már el is engedte a kilincset. László a fejét fogta, tudta, mire megy ki a játék, hisz Anita angyalügyben nem ismer tréfát.

– Mire kíváncsi a kis gyöngyszemünk? – kérdezte Anita, de már le is telepedett a karosszékbe, amit egész véletlenül ottfelejtett az ágy mellett.

– Az erdőben vannak angyalok? – kíváncsiskodott a kislány.

Anita helyeslőleg bólogatni kezdett, arca teljes komolyságról árulkodott.

– Jó kérdés, klassz téma – állapította meg, majd teljes kényelembe helyezte magát és beszélni kezdett.

A kis Brigi tátott szájjal hallgatta, hogyan vigyáznak az erdő növényzetére, állatvilágára a fáradhatatlan angyalok, akiknek nem egyszer magával az emberrel kell harcot vívni. Sajnos van az úgy, hogy minden erőfeszítés ellenére hatalmas kárt szenved a környezet, mikor láncfűrészek sikítása, erőgépek robaja, vagy éppen gyilkos tüzet okádó fegyverek pufogása teszi tönkre az erdő életét.

Anita átszellemült arccal mesélt az állatok születésekor serénykedő angyalokról, hogyan vezetik rá az anyát, mit kell csinálni, hogy aztán állati ösztöneik hibátlan működésének hála, biztosítsák a kicsinyek életfeltételeit, akik szintén igényelnek némi útmutatást földi létük első perceiben.

Brigi csodálkozva tudta meg azt is, a pajkos kedvű angyalok gyakorta játszadoznak az állatokkal, akiknek még képesek fel is fedni magukat, mert tőlük nincs félnivalójuk. A kis Brigi egyik ámulatból a másikba esett, kiváltképp, amikor a madarak csicsergéséről szóló részhez értek.

Anita története szerint ugyanis a megfáradt és pihenésre vágyó angyalok önmaguk szórakoztatására hangversenyt rendeznek. Pontosabban szólva: a fület gyönyörködtető erdei muzsika, mit madarak százai és ezrei énekelnek össze, nem a véletlen műve. Az angyalok karmesterként vezénylik és összehangolják a különböző szólamban és hangszínezetben hangoskodó, csivitelő, csicsergő, fütyörésző tollas erdőlakók zenebonáját, kik külön-külön mondják a magukét.

– Bizony, lenne hatalmas káosz s fülsiketítő hangzavar, ha nem így lenne – állapította meg Anita, majd végigsimított a pici fején és egy puszi kíséretében szép álmokat kívánt neki.

László előlépett a sarokból és incselkedve megjegyezte.

– Angyalkáim, azt hittem, reggelig abba sem hagyjátok a mesepartit!

Vesztére tette, mert Brigi azon nyomban felült és nagy kék szemeivel felháborodottan nézett apjára.

– Ez nem mese! Talán te nem hiszel az angyalokban? – kérdezte éles hangon.

László jobbnak látta visszakozni.

– Bocs a nyelvbotlásért, kisasszony. Természetesen egyetértek Anita minden egyes szavával, amit az angyalokról mondott – válaszolta, miközben gyengéden megpaskolta kislánya arcocskáját, s ő is elköszönt éjszakára.

Brigi teljes megnyugvással dőlt hátra, s a felnőttek épphogy távoztak a szobából, máris édes álomra csukódtak szemei.

Anita vett egy forró fürdőt, jólesett szervezetének a lazítás, amit a vízben feloldott különféle sók és ásványi anyagok tettek még inkább hatásossá. Felfrissülve, könnyedén lépett ki a kádból, majd alapos törölközést követően illatos krémmel kente be testét. Épp a köntösét igazgatta karcsú derekán, mikor halk koppintás hallatszott.

– Nem jöhetsz be! – szólt ki, mire László egy szemvillanás alatt ott is termett mellette.

– Mivel érdemeltem ki a komisz bánásmódot?

– Miről beszélsz, kedvesem? Úgy látom, gyorsabban bejöttél, mintha csalogattalak volna.

– Igen, de lemaradtam a közös fürdésről és a hátad se kenhettem be.

– Így jár az, ki nem végez időben a dolgával.

– Nem tehetek róla, a kutyus olyan zavart volt, meg kellett kicsit nyugtatni.

– Megbocsátom késésedet.

– Akkor most visszacsalhatlak a vízbe? – vetette be László minden létező bűverejét és vetkőzni kezdett.

– Lassan a testtel, más bűnöd is akad, ami sokkal súlyosabb – ellenkezett Anita tettetett komolysággal.

– Jajj nekem! Mi a bűnöm?

– Füllentettél a gyereknek! Egy szavamat sem hiszed az angyalokról, pimasz módon mindig megmosolyogsz – elégedetlenkedett Anita, miközben vádlón nézett kedvese szemébe, aki ezúttal – teljesen váratlanul – nem vette tréfára a dolgot. Állta Anita tekintetét, egész közel húzódott hozzá és átölelte a derekát.

– Tudom, hogy mennyire hiszel a létezésükben, rólam pedig azt képzeled, egyáltalán nem veszlek komolyan. Tévedsz, mert ez nem így van! Én benned hiszek, mert ismerlek és érzem a gondolataidat, de legfőképp szeretlek, s tudom: nem hiszel valótlanságban, s sosem terjesztenél téveszméket, ha nem lennél meggyőződve az igazadról – mondta, majd érzéki csókkal tette nyomatékosabbá szavait.

– Azt akarod mondani, hiszel bennük? –csillant fel a remény Anita előtt, amint lélegzethez jutott.

László komoly arckifejezése hamar semmivé foszlott, szeme csalfán villant egyet, majd kedvese mögé lépett és két ügyes mozdulattal megszabadította köntösétől, azután ellenállhatatlan erővel magához szorította.

– Hogyne hinnék az angyalokban! Főleg, ha ilyen szépek és őrjítően kívánatosak, ily finom illatuk van, s ily feszes és formás a keblük! – suttogta.

Anitát forró vágy kerítette hatalmába, testét bizsergető remegés járta át, s csak sóhajtásnyi energiája maradt az ellenkezésre.

– Te nagyon szemtelen, de imádni való! – válaszolta, azután egy hirtelen mozdulattal kibillentette egyensúlyából Lászlót, aki nagyot csobbant az illatosan gőzölgő vízben, ám ösztönösen visszanyúlt és magával rántotta kedvesét. A következő pillanatban testük egybeolvadt, s önfeledten merültek el a habok között.

2.

Nyomasztó csend honolt a barátságosnak és otthonosnak nem éppen nevezhető kunyhóban, csak a dobkályhában sisteregve füstölgő, frissen vágott fa hangja próbálta oldani a levegőben terjengő néma feszültséget. Az emberi lakhatásra nem igazán megfelelő körülmények ellenére jól felfedezhető nyomai látszottak a rend és tisztaság fenntartására irányuló törekvésnek.

A kályha közelében ülő kismama még mindig a babaruha kötésével foglalatoskodott, hosszú göndör szőke haja zuhatagként borította be vállait és hátát, majdhogynem a takaróba csavart derekáig. Amint felfedezte a földön rongyos matracon heverő, mámorából fájdalmas nyöszörgéssel tisztuló férfi ébredését, halk és nagyon szomorú dúdolásba kezdett. Ebben a dallamban, s magában a nőben, az igen erős kisugárzásában minden benne volt: kín, szenvedés, gyötrelem.

A férfi kisvártatva feltápászkodott fekhelyéről, az asztalhoz csoszogott és bosszúsan vágta földhöz az üres borosflakont. Ezután haragja a nőre irányult, elé állt és vérben forgó szemekkel ráripakodott.

– Az átkozott dúdolásodra ébredtem, Anett!

– Nem igaz, már ébren voltál, mikor elkezdtem! Fogytán a fánk, hozni kellene éjszakára és nem ártana szárazabb után nézni!

– Hallgass, inkább eredj és hozz bort! Különben itt fagysz meg az átkozott terheddel együtt! – ordított a férfi torkaszakadtából, majd leült a távolabbi sarokba, rágyújtott és némaságba burkolózott.

Anett nem ellenkezett, letette a félig kész rugdalózót és a szekrényhez ballagott. Elővette meglehetősen értékes szőrmebundáját, magára öltötte, miközben keserű szájízzel gondolt a szebbnél szebb ruhadarabokra, melyektől kénytelen volt megválni megélhetésük érdekében, na meg, hogy fussa borra. Ezt a bundát azonban nem volt hajlandó beáldozni, maga sem tudja, miért ragaszkodik ennyire hozzá.

– Szerzek bort, de kérlek, ne hagyd a tüzet kialudni! – szólt vissza, mielőtt kilépett, azután útnak indult a sűrű hóesésben.

Nem kellett messzire mennie, elhaladt egy tátongó szakadék mellett, azután a patak mentén vezetett útja néhány percig, végül egy hatalmas tölgyfánál megállt és kotorászni kezdett a vastag hótakaróban. Hamarosan két műanyag flakon borra bukkant, de csak az egyiket vette magához, a másikat gondosan elrejtette a fa tövénél.

Nem indult rögtön vissza, nekidőlt a fának, mert pihenésre volt szüksége. Nagy volt a terhe, vészesen közeledett a szülés ideje, s nem szerette volna megerőltetni magát. Na meg túl korán sem akart visszatérni, mert ha Viktor idő előtt issza le magát újra, képes lesz hajnalban felébredni és cirkuszolni.

Hosszasan bámulta az égből békésen hulló hópelyheket, nyomon követte útjukat, amint feltűntek a láthatáron, egészen addig, míg hosszas bolyongó szállingózás után megtalálták nyughelyüket. Nagyot sóhajtott a lány, s közben arra keresett választ, az ő lelkének bolyongása meddig tarthat még, s talál-e valaha megnyugvást.

Tisztában volt vele, lépnie kell! Önmaga szánalmas sorsát elfogadhatja korábbi súlyos bűnének következményeként, de születendő gyermekéért felelősséggel tartozik. Azt egyelőre nem tudta mit kell, vagy tud tenni, de abban biztos volt: gyermeke nem születhet olyan világra, amelyben szülei élnek.

Érzett magában elég erőt, hogy munkát vállaljon, s küzdjön, talpra álljon és ott is maradjon, de mi lesz akkor élete szégyenteljes és bocsáthatatlan bűnének művével, Viktorral? Lakozik-e benne annyi erő, hogy sorsára hagyja a háborodott férfit? Újabb gyalázatos cselekedettel tetézze a korábbit?

– Nem, nem, nem, ilyet az ember egyszer sem követhet el életében, nemhogy kétszer – rázta meg fejét, s óriási zűrt érzett elméjében.

Nem találta a választ, de afelől nem érzett kétséget, gyermeke jövőjéről gondoskodni kell, ha már neki nincs is ilyen. Milyen jó gondolatnak tartotta egy csecsemő jövetelét, amitől – reményei szerint – Viktor visszanyeri önmagát és újra értékes tagja lesz a társadalomnak. Azonban csak sokkal rosszabb lett.

Nem akart gondolataival tovább viaskodni, eltörölte a szeme csücskében hópihével vegyült könnycseppet, majd a borosüveggel kezében útnak indult visszafelé.

Viktor a kályha mellett ült és eszelős tekintettel figyelte a tűztér nyitott ajtaján keresztül villódzó lángnyelveket. Nem zavarta a légtérbe tóduló füst torokkaparó fojtogatása sem, csak egy gondolat kötötte le figyelmét és háborgatta amúgy is zavaros elméjét: a gyerek nem születhet meg!

Ki tudja, meddig tart merengése a füsttel egyre jobban megtelő szobában, ha nem nyílik az ajtó, ahol felbukkant Anett hótól ázott alakja.

– Mi ez a füst? Normális vagy? – kelt ki magából, amint belépett.

– Nem pusztulsz bele! – förmedt rá Viktor a szokatlanul harcias nőre.

– Én ugyan nem, te meg főképp, de a gyermeknek árt. Ő még egészséges, s az is marad. Ezt garantálom!

–Hahaha! – nevetett a férfi maró gúnnyal hangjában, majd egész közel hajolt bűzlő pofájával a nőhöz és gyűlölködve sziszegett.

– Azt hiszed, ha szülsz egy porontyot, attól jó emberré leszel?

– Azt reméltem, értelmet ad az életednek, s újra ember lesz belőled, de látom, hogy hiba volt.

– Az, mégpedig nagy és nem az első az életedben! Bűnödre nincs bocsánat, az örök és jóvátehetetlen. Érted?

– Lehet, de ne feledd, ami történt, az a mi sorsunk, ketten együtt követtük el! – csúszott ki Anett száján, amit rögtön meg is bánt, látva szavai következményét.

Viktor először hörögni kezdett, azután arccal a földre vetette magát, két kezével a padlót verte, miközben hangosan vinnyogva zokogott. Anett szégyent érzett, amiért képtelen volt az önuralomra. Behúzódott a legtávolabbi sarokba, bal kezével ösztönösen szép kerek pocakját védte, s rémülten nézte a szánalmasan vonagló emberi roncsot, aki egykor a férfit jelentette neki.

A dúsgazdag apától minden földi jót megkapó leány kiváló eredményekkel érkezett a jónevű egyetemre. Nemcsak okos, hanem csinos és ellenállhatatlan is volt, akinek minden az ölébe hullott, amire épp csak kedve szottyant. Tucatszámra hevertek a férfiak a lába előtt, ám neki ez sem volt elég.

Neki az elérhetetlennek számító, rendkívül vonzó filozófiatanár lett a kiszemeltje, aki a kezdetben ügyet sem vetett Anettre. Aztán lassan-lassan csak megtört a jég egy hosszúra nyúlt, szeretkezésbe torkolló különórát követően. Anett fülig szerelmes lett, ám ennek ellenére viszonyuk nem lett hosszú életű.

Viktor nős volt, szerette a feleségét, s komoly lelki válságba sodródott. Hallani sem akart a folytatásról, amit Anett képtelen volt elfogadni. A csalódottság határokat nem ismerő bosszúvágyat gerjesztett, amit kíméletlen cselekedet követett. Egy utolsó légyottra csábította áldozatát, mondván, végleg kilép az életéből, ha eleget tesz kérésének. A lépre csalt férfi még egyszer szabadjára engedte elfojtott vágyait, s felejthetetlenné akarta tenni rövid románcuk záróakkordját. Sikerült. Másnap tucatnyi – Anett által készíttetett – fénykép díszelgett az intézmény falain, melyek eléggé árulkodóan hirdették kettejük viszonyát.

Viktor eltorzult, vicsorgó arca zökkentette vissza a jelenbe.

– Add a bort! – morogta, s reakciót nem várva kitépte Anett kezéből a műanyag flakont.

A nő nem ellenkezett, ismerte a forgatókönyvet. Rövid idő alatt újra leissza magát, utána eszméletlen álomba merül és nyugton lesz reggelig, ám akkor újra kezdődik minden.

3.

Cuki kutyus vígan hempergett a frissen hullott hóban, féktelen jókedvében észre sem vette a közelébe lopakodó Brigit, aki aztán hógolyózáport zúdított a gyanútlan ebre. Persze, vastag bundájának meg sem kottyantak az erőtlen találatok, de a támadás puszta ténye is bőven elég volt felháborodásának kivívásához.

Azon nyomban négy lábra szökött – kissé nehézkesen mozogva ugyan a süppedő hótakaróban – s a menekülő támadója nyomába eredt, közben ugatni kezdett, ami viszont vékonyka hangjával nem hatott valami félelmetesen.

Brigi egészen a tornácig futott, ahol biztos talajt érezve talpa alatt megállt, megfordult és megadón tárta szét karjait.

– Gyere, te Cuki kutyi! – szólt kedvesen.

Az okos eb értett a szóból, rögvest szapora farkcsóválásba kezdett, miközben elégedett vakkantásokat hallatott, majd két első lábával felkapaszkodott a kislány derekához és diadalittasan állta a szerető ölelést, a melegítő simogatást.

Anita hangja szakította meg a bájos jelenetet.

– Brigi, légy szíves, gyere ebédelni! – szólt ki a félig nyitott ajtón, majd kikukkantott és elmosolyodott az eléje táruló látványtól.

– Jajj, bocsánat! Úgy látom, éppen zavarok kicsit! – mondta, mire a kislány kihámozta magát a kutyus lábai közül, lerázta ruházatáról a sűrűn megkapaszkodó hópelyheket, s csizmájával nagyokat toppantva elindult a lakásba.

– Gyere, Cuki! – hívta magával barátját, mielőtt belépett volna.

A kutyus készségesen ugrott, s még Brigit is megelőzte volna, ha Anita nem lép közbe.

– Hahó, csak az egyiktöknek szóltam!

– Nézd, hogy átázott a bundája szegénynek! – replikázott Brigi azonnal.

– Vastag az a bunda, csak a külseje nedves. Hidd el! Nem fog fázni! Ha egész nap a kandalló előtt heverészik, teljesen eltunyul, kint jobb helye van.

– Éhes is – makacskodott Brigi reménykedve.

– Majd kap enni az óljánál – jelentette ki Anita határozottan.

Brigi várakozóan tekintett Cukira, most rajta lett volna a sor, hogy könyörgő szemeivel meglágyítsa Anita szívét, ahogy az rendre történni szokott. Ám ezúttal Cuki kutyus mással volt elfoglalva. Számára eddig teljesen ismeretlen szagot érzett, mely oly finom, kedves és csalogató volt, ráadásul valami láthatatlan erő még érzékeny orrát is megcsiklandozta. Vakkantott egyet élesen, megfordult és faképnél hagyva gazdáit a befagyott tó felé indult, ahonnan az ő rendkívül kifinomult hallásának is alig észlelhető hívogató hangot hallott.

– Ezt meg mi lelte? – értetlenkedett Anita.

– Tutira megsértődött! – állapította meg Brigi.

– Majd megbékél. Na, nyomás befelé, mert kihűl a leves! – vetett véget a vitának Anita, azután kézen fogta Brigit és bementek a jól fűtött lakásba.

Cuki kutyus egyre erősebben érezte az ismeretlen szagot, tappancsait egyre szaporábban szedte és észre sem vette, amint rászaladt a tó jegére, s négy lába ellenére akkorát esett, hogy belefájdultak csontjai. Kis pihenő után feltápászkodott nem önállóan választott fekhelyéről, megrázta csapzott bundáját, s mielőtt újra nekilendült volna, füleit erősen hegyezve a bejárati kapu felé figyelt, ahonnan füttyentést vélt hallani. Nem olyan hang volt ez, mit a szeretett gazdi szokott hallatni hazatértekor, de ez is oly hívogató volt, úgyhogy Cuki kutyus azonnal arra vette az irányt.

Nem talált ott senkit, viszont érdekes látvány fogadta. A nagykapu, mely mindig leküzdhetetlen akadályként vetett gátat szabadságának, most résnyire nyitva volt. Nem is tétovázott a kis haszontalan, kituszkolta testét a nyíláson és elindult birtokba venni azt a területet, mit többnyire csak a kerítésen belülről bámulhatott nagy vágyakozva.

Járt már kint több ízben is, mikor nyakörvet erőltettek rá, pórázon vezették és úgy vánszorogtak vele, s ha végre szabadon eresztették, hát lépten-nyomon rendre utasították. De most aztán semmi sem zavarhatja, szabadon kószálhat, amerre csak kedve és ösztöne viszi.

Alig tett pár métert, s máris mennyi izgalmas nyomot fedezett fel, s mennyiféle szagot fogott orra. Azt sem tudta, merre vegye az irányt, hol kezdje a felfedezést, ám egyszer csak újra érzékelte azt a kellemes szagot, fején mintha lágy simítást érzett volna – bár nem látott senkit –, majd megint füttyentésre lett figyelmes, mire hegyezni kezdte füleit és elindult a hang irányába.

Nóri, a legidősebb lány, az ebédlő ablakából követte nyomon Cuki kutyus kevergését az udvaron, egészen addig, amíg el nem tűnt a melléképület takarásában. A bejárati kapura nem látott rá, így nem vette észre a kutyus szökését.

– Mitől ez a széles mosoly? Szívesen benevezünk mi is – szólította meg Anita.

Nóri ellépett az ablaktól, adott egy puszit Anitának, ha már épp útjába került, majd válaszolt.

– Ezt látnod kellett volna, úgy csinált, mint aki megkergült.

– Mondtam én tegnap, hogy kelekótya, de ki is hívtam a sorsot magam ellen – kapcsolódott a beszélgetésbe egy párnázott fotelben kényelmesen elnyúlva László.

Anita vette a lapot, s nem hagyta szó nélkül.

– Madarat tolláról, kutyát gazdájáról.

– Tessék?

– Mindig kikéred magadnak, hogy az elsőszámú gazdája te vagy.

– Ezek szerint most simán lekelekótyáztál?

– Én? Á, dehogy, csak átírtam egy közmondást – kacérkodott Anita kedvesen. – De bocsánatáért esedezem őkegyelmének, ha félreérthető voltam.

– Esetleg egy finom kapucsínóval kiengesztelhető leszek, mondjuk az ebédet követően.

– Még habot is kapsz rá, ígérem, de most mindenki foglaljon helyet az asztalnál, már hozom is a levest – mondta Anita és kiment a konyhába.

Komor felhők gyülekeztek a haragossá váló égbolton, a szél is egyre erőteljesebb lökésekkel ostromolta az útjába kerülő akadályokat.

– Ajjaj, mi lesz itt? – kérdezte Anita, miközben ráérősen kevergette virágmintás csészéjében a forró kapucsínót, majd óvatosan szürcsölgetni kezdte.

– Alighanem hatalmas hóvihar – bocsátkozott jóslásba László, aki ínyenc módjára kanalazgatta csészéjéből a tejszínhabot.

– Sok teendőd maradt délutánra? –érdeklődött Anita.

– Nem fogok unatkozni. A kollégám területén kezdek, elment szabadságra. Ellenőriznem kell a fakitermelést, a leggyűlöletesebb része a szakmámnak. Érted, egy hatalmas területen tarra vágnak mindent, egy szál fa nem sok, annyi se marad.

– Nem lehet valamit tenni?

– Semmit. Vágásérett az erdő, mondták ki a végítéletet, s újat kell telepíteni.

– Igen, s ettől kezdve már csak az üzleti terv számít.

– Sajnos így igaz. Örülök, hogy az én területem, amely tájvédelmi körzet, egyelőre nincs veszélyeztetve.

– Olyan elkeserítő ez! Kreálunk valami nyomós érvet, egy kis propagandával megtámogatjuk, és teljesen természetessé válik, hogy letaroljuk az erdőket – kesergett Anita.

– Valahogy úgy. Az elöregedett részeket ki kell vágni, hogy be lehessen ültetni csemetékkel. Erre épül az egész fakereskedelem, pedig hol volt az ember korábban, s mégis mily gyönyörű erdők fejlődtek, s szabályozták magukat évmilliókon keresztül.

– Elszomorító ez az állapot, de amíg ilyen hős erdészek is léteznek, addig van remény – csipkelődött Anita, elterelvén férje gondolatait a lehangoló témáról.

– Te öt percet nem bírsz ki szemtelenkedés nélkül? – méltatlankodott László.

– Az lehet, de nélküled még annyit sem.

– Jó válasz – bólintott egyetértően a kiengesztelődött férfi. – Ám nem igaz! – folytatta, majd felállt helyéről, miután letette az időközben kiürült csészéjét.

– Miért mondasz ilyet? – duzzogott Anita.

– Mert ha végigmondtam volna a mai teendőim felsorolását, akkor kénytelenek vagyunk elfogadni a tényt, miszerint ha pár percen belül útnak indulok, akkor is csak este érek haza.

– Megadtam magam.

– A fakitermelés után visszatérek az én birodalmamba, csapdákat találtam néhány nappal ezelőtt a Csurgó völgyben. Megsemmisítettem őket, üzenetet is hagytam hátra, remélem, elriasztja a vadorzót, hogy felfedeztem ténykedését. Azután útban hazafelé betérek ahhoz a hajléktalan párhoz, akikről már tettem neked említést. Tudod, a szakadék közelében vertek tanyát maguknak.

– Igen, a nő gyermeket vár.

– Pontosan, s megpróbálok segíteni rajtuk.

– Hívjuk meg őket valamelyik nap, mit szólnál hozzá?

– Nem is tudom. A nő rendben volna, de a férfi az nagyon züllött és olyan benyomást tesz, mintha tébolyult lenne.

– Ki tudja, valójában milyen ember, s mi bújhat meg a háttérben? Tehetnénk egy próbát.

– Nem szívesen látnám azt az embert a közeletekben. Hidd el, van valami rémisztő a tekintetében.

– Akkor mi lenne, ha vasárnap átsétálnánk hozzájuk, szeretném azt a nőt megismerni! Szülés előtt álló kismama, ilyen körülmények között biztos hathatós segítségre szorul.

– Valóban, meg hát úgysem tudnálak visszafogni. Ma beszélek velük.

– Jutalmul gyertyafényes, vörösboros vacsorával várlak – fejezte ki elégedettségét Anita, majd forró csókkal adott nyomatékot szavainak. – Csomagolok nekik egy kis elemózsiát meg némi italt.

– Rendben, addig én felöltözöm – válaszolt László, majd felemelte a bakancsát a kandalló mellől, és leült egy székre.

Míg László kabátot, sálat, sapkát és kesztyűt húzott, addig Anita gyümölcsöt, kenyeret, tejterméket és sonkát pakolt, s gondolván a zord hidegre, még egy kis flakon jó fajta vörösbort is helyezett a kosárba.

Anita kikísérte Lászlót és éppen elköszönni készültek egymástól, amikor felfedezték a nyitott kaput.

– Ki volt ilyen figyelmetlen? – kérdezte László.

– Hm. Én jöttem haza utoljára, de határozottan emlékszem, hogy becsuktam – mentegetőzött Anita.

– Öregszel, kedvesem, kezdesz felejteni.

– Na, menjél, mert még a végén meg talállak mosdatni! – fenyegetőzött Anita és egy hógolyót hajított az öles léptekkel útnak induló férje után.

– Hess befelé a melegre, te nagyszájú! – szólt vissza mosolyogva László, s bal mutatóujjával még fenyegetőzött is.

Anita néhány percig nézte a szeretett férfi távolodó alakját, aztán visszasietett a lakásba.

4.

Pokoli vihar sepert végig a jégbefagyott tájon, még a szürkület beállta előtt elsötétült az ég, tomboló szél szaggatta a fák ágait és tébolyult módjára keverte a hószemcséket.

Anett az ablaknál ült, s elmélázva bámulta a természet félelmetes erőfitogtatását, miközben mélyen a gondolataiba merült. Hogyan is kerülhetett ilyen kétségbeejtően reménytelen helyzetbe? Van-e kiút, ha igen, mi lehet az? Lázasan zakatolt elméje, mígnem újra a múltat kezdte felidézni, mert a jövő kutatása egyre idegesebbé tette, márpedig az árthat a kicsinek.

Hatalmas botrány kerekedett a tanár és a diáklány románcából. Anettet olaszországi egyetemre íratta be apja, míg Viktor mindent elveszített, amije csak létezett. Anett remekül érezte magát külföldön, távol a hazától nem igazán érdekelte tettének súlyos következménye. A hírek nem értek el hozzá, ő meg szándékosan nem is akart semmiről tudni, habzsolta az életet tovább.

Telt az idő és szép lassan kezdte kinőni gátlástalan és fékezhetetlen ifjonti énjét, gondolkodása mind komolyabbá vált, s egyre gyakrabban forgolódott verejtékezve ágyában éjszakánként, nyomasztó teherként idézve fel szánalmas tettét.

Aztán egyik hazalátogatása alkalmával történt valami. Azóta sem érti, mi szél vitte a pokoli hangulatú aluljáróba, ahol hajléktalanok húzódtak meg a hideg elől. Kíváncsi tekintetek követték lépteit, szíve elszorult a szerencsétlen emberek láttán, s érdekes módon nem érzett félelmet.

Viktor ott didergett az egyik sarokban, s elfordította fejét, miután tekintetük egy pillanatra találkozott. Anett számára elég volt ez az egyetlen szemvillanás, hogy ráébredjen tettének borzalmára, hogy szembesüljön a ténnyel, ki is ő valójában.

Akkor és ott új fordulatot vett az élete. Először úgy tervezte, minden lehetőséget megragadva talpra állítja a férfit. Nem érdekelte, mily áldozatba kerül, bármit vállalt volna, hogy jóvátegye bűnét és aztán új emberként új életet kezdhessen. Sajnos ez csak egy álom maradt. Akkor még nem tudhatta, hogy amit lát maga előtt, az csak egyik csapása a sors büntető pallosának, míg van egy másik, amely már jóvátehetetlen.

Erőteljes kopogás hallatszott, mire Anett visszazökkent a jelenbe. Viktor horkolva aludt az ágyon, dudaszó sem tudta volna felébreszteni, így Anett feltápászkodott és ajtót nyitott.

László állt ott jégbe fagyva, mint egy bebocsátásra váró hóember, szinte a felismerhetetlenségig behavazva. Anett is csak hang alapján tudta beazonosítani, rögvest viszonozta a köszönést és betessékelte a látogatót.

– Embertelen időjárás – jegyezte meg László, miközben levetette kabátját és helyet foglalt egy rozoga széken.

– Maga mégis dacol vele.

– Dolgoztam, s reménykedtem, hogy időben hazaérek.

– A jelek szerint nem jött össze.

– Így igaz, ezért menedéket kérnék önöknél, ha nem zavarok.

– Szívesen látom, ha ezt a rozoga viskót menedéknek nevezhetjük egyáltalán – szabadkozott Anett röstelkedve.

– Ez ügyben jöttem valójában, a vihar csak módosította az útitervet. Jó híren van – jelentette ki László.

– Igazán?

– Múltkor említettem, hogy van a közelben egy használaton kívüli erdészház, nem nagy, de egész takarossá lehet varázsolni. Beszéltem a vezetőséggel, szerencsére semmi tervük nincs vele a közeljövőben, így a rendelkezésünkre bocsátották. Akár holnap nekiállhatunk a rendbetételéhez, feltéve, ha önök elfogadják a segítséget.

Anett először szólni sem tudott a meghatódottságtól, aztán elcsukló hangon fejezte ki háláját.

– Köszönöm, nagyon köszönöm, az ég áldja jóságáért!

– Remek, akkor holnap, ha nem zavarunk, átugrunk a feleségemmel, s egyeztetjük a teendőket. Még teljesen friss a hír, biztos ő is örülni fog, s természetesen mindenben számíthat a segítségünkre. Mire eljön az ideje, lesz hová érkezni a picinek – mondta László kedvesen és gyengéden megpaskolta Anett pocakján pihenő kezét. – És még a párjának is találunk munkát az erdő körül.

Anett nem bírta tovább, csendesen elsírta magát, s hosszú idő óta most érzett először némi reményt szívében.

– A feleségem küldött kis csomagot – próbálta oldani László a nő zavarát, s átadta a küldeményt.

– Remélem, nem fog a neje szörnyülködni a körülmények miatt, na meg ő sem túl jó társaság – bökött a még mindig mély álomban horkoló Viktorra.

– Ne zavartassa magát, épp azon vagyunk, hogy javuljon a helyzet. Különben is, az én drága feleségem egy igazi angyal, majd holnap meggyőződhet róla.

Anettnek sikerült úrrá lennie elérzékenyülésén, és hosszasan beszélgettek mindenféléről. Nagyon élvezte, hogy végre valakivel kulturált társalgást folytathat. A vihar csendesedésével László nekiveselkedett, hogy mielőbb hazatérjen, Anett pedig helyet foglalt a kályha mellett és gondolataiba mélyedve próbálta áttekinteni helyzetét.

László, a jóságos erdész színrelépése optimizmust ébresztett benne. Lesz egy lakható házuk, Viktor dolgozhat és pénzt kereshet, s még segítségben sem lesz hiány. Egyre bizakodóbbá vált, normális életről, családról, munkahelyről, tanulmányai folytatásáról ábrándozott, kellemes érzés kerítette hatalmába egészen addig, amíg tekintete meg nem akadt a fekhelyén forgolódni kezdő Viktoron.

Villanásnyi idő alatt szertefoszlott édes álma, s tisztában volt vele, neki csak e pár perc adatott, mert a megvalósulás szinte lehetetlen. Elméje automatikusan visszapergette az elmúlt évek eseményeit, mi mindent próbáltak megtenni Viktor felemelkedéséért.

Erővel próbálta kiráncigálni az elgyengült és leépült férfit az aluljáróból, izgalmas eseményt nyújtva az ott élőknek. Volt, aki habozás nélkül ajánlotta magát: „Akarj inkább engem, cukorfalat, nem fogok ellenkezni!" felkiáltással közelített visszataszító vigyorral az arcán, de a többség elesetten bámulta a jelenetet. Végül, Viktor jobbnak látta engedni és sietve távoztak a nyomorúságos helyről.

Anett lelke új erőre kapott a néhány perccel korábbi sokkhatást követően, úgy gondolta, megnyerte az első nehéz csatát, és jöhet a következő ütközet, majd sorra az összes többi, amíg el nem éri célját és lelke megnyugvását. Nem így történt.

Éppenhogy elhagyták maguk mögött az aluljáró cseppet sem bizalomgerjesztő környékét, egy parki sétányon haladtak, amikor Viktor megállt és durván megragadta Anett vállát, majd maga felé fordította.

– Mit akarsz tőlem? Azt hittem, örökre eltűntél az életemből – kérdezte kíméletlen arckifejezéssel, mint aki ölni akar.

– Tudom, aljasul jártam el, s rajtad csattant az ostor. Engedd meg, hogy valamit jóvátegyek, bármennyit, akár csak egy icipicit is, de ha rajtam múlik, akkor mindent, még annál is többet – válaszolt Anett alázatosan, teljes őszinteséggel szívében.

– Igen? Visszaadod a tisztességem, a becsületem, az állásom, a barátaim, a rokonaim, a boldogságom? – hangzott a megsemmisítőnek szánt kérdés, de Anett nem hátrált.

–Minden visszanyerhető – jelentette ki elszántan.

– Ja, és a feleségem, aki elhagyott, őt is visszaadod?

– Őt nem, de talán adhatott volna egy esélyt annak, akivel sokáig boldogságban élt.

– Nem adott! Öngyilkos lett, képtelen volt feldolgozni a történteket – sziszegte Viktor Anett arcába pár centiméter közelségből.

Anett minden tekintetben porrá zúzódott a mondat hallatán. Testileg, lelkileg, szellemileg összeomlott, de még mielőtt ájultan terült el a földön, egy gondolat villant át elméjén: Kettejük sorsa végérvényesen összefonódott, s örök életükben kárhozatra vannak ítélve.

Anett szemeiből néhány könnycseppet csalt elő a rettenetes pillanat felidézése. Időközben sötét lett odakint, jobbnak látta, ha felhagy emlékei felidézésével, hisz abban sincs túl sok öröme, s gondoskodik vacsoráról. Felállt székéből, majd meggyújtotta a petróleumlámpát, gondosan elhelyezte az asztalon és a kosár után nyúlt, melyet Anita küldött.

Szinte gyermekien örült az ételnek, amit talált, gondolván a picijére, hisz szeretett volna minél jobb anyja lenni. Csak az járt a fejében, hogy végre megfelelően táplálkozhat legalább egy-két napig, így biztosítva gyermeke szükségét. Az, hogy számára is öröm a sok finom falat, már eszébe sem jutott.

Éppen a borosüveget halászta ki, s azon töprengett, hová is rejtse, amikor mozgást hallott a háta mögött és megfordulva Viktorral találta szemközt magát. A férfi arca nagyon feszültnek látszott, tekintetében rég nem tapasztalt józanság érződött. Anett számára elég volt egy pillantás és tudta: sorsfordító percek elébe néznek.

5.

László kitartóan menetelt a térdig érő hóban, időközben a viharnak már nyoma sem volt, még a hóesés is elállt, csak a hideg maradt, de az fogcsikorgató erővel gyötörte a tájat. Néhány percnyi járásra haladt otthonától, bizony még az ő edzett szervezetét is próbára tette a mostoha időjárás.

Alig várta hazaérkezését, felengedni az otthon melegétől, aztán egy bögre forralt bor, majd jöhet a fürdő, utána pedig irány a meleg ágyikó, ahol forró csókok és ölelések következnek szép sorjában. Így fantáziált útközben, míg zseblámpájának fénynyalábjában fel nem bukkant házának vasveretes kapuja. Pár perccel később már a bejárati ajtónál várt vidáman bebocsátást, miután hosszasan csengetett.

Nóri engedte be, Lászlónak rögtön szemet szúrt leánya szomorú arckifejezése és könnyes szeme, ám kérdezni sem volt ideje, lábai szinte földbe gyökereztek, amint megpillantotta családja többi tagját.

Sírásra biggyedő ajkak, bevörösödött szemek, keserű ábrázatok jellemezték az asztalnál gubbasztó társaság tagjait, még Anita arcáról is nyoma veszett öröknek hitt, oly kedves mosolya.

– Veletek meg mi történt? – kérdezte László, ébredve első ocsúdásából.

Brigi volt a legfürgébb, odaszaladt Lászlóhoz, felkapaszkodott karjaiba és szipogva mondta.

– Cuki eltűnt, megszökött és biztosan odaveszett a hóviharban.

– Hogy mi? – hebegte László értetlenül.

Anita állt fel, közelebb lépett hozzájuk és próbált magyarázatot adni.

– Tudod, a kapu megmagyarázhatatlan módon nyitva volt a távozásodkor. Akkor sajnos eszembe sem jutott, hogy őkelme leléphetett, csak a vihar beálltakor kezdtük őt keresni, de nem találtuk. Próbáltuk a nyomát követni, de a sűrű hóesés hamar eltüntetett mindent, meg kénytelenek voltunk mi is hazatérni.

– Azt nagyon helyesen cselekedtétek – jegyezte meg László töprengve, mert gondolatban már a tennivalón törte a fejét.

– Mi legyen? – kérdezte Anita félszegen.

– Elmegyünk érte és hazahozzuk a kis csibészt – válaszolta László oly meggyőző komolysággal, mintha a világ legegyszerűbb dolgára vállalkoznának.

Magabiztos optimizmusának meg is lett a hatása, s látva a remény vékonyka sugarától felcsillanó, egytől egyig rá szegeződő tekinteteket, azon nyomban ecsetelni kezdte derűlátásának okait.

– Az állatok sokkal szívósabbak nálunk, egy ilyen vihar sem foghat ki rajtuk. Mind találnak ilyenkor egy-egy zugot, ahol meghúzzák magukat a vihar csitultáig. Cuki is így tett, abban bízhatunk, hisz tudjuk, milyen ügyes, okos és leleményes kutyusról van szó. Azóta már keresi az utat hazafelé, s valószínűleg előbb vagy utóbb rá is lelne, de mi megkönnyítjük a dolgát. A hó már nem hullik, kis szerencsével rábukkanhatunk tappancsának friss nyomaira. Ráadásul az éjszaka csendjében jó messzire hallathatjuk hangunkat, hátha sikerül utolérni érzékeny fülecskéjét. Ennyi az egész – fejezte be mondandóját , miközben azt kívánta, bárcsak ilyen egyszerű lenne. Valójában tudta ő nagyon jól, milyen veszélyeknek lehet kitéve a zord vadonban egy egyedül kószáló kölyökkutyus.

Szavainak meglett a hatása, szinte gondolkodás nélkül ugrott fel mindenki és kezdett volna meleg holmik után nézni, ám László hamar leintette őket.

– Hohó, ne oly hevesen. Anita és én vágunk neki a fagyos kalandnak, ti pedig itthon szorítotok, de nagyon ám!

– Ketten gyorsabbak leszünk, meg az a nagy hideg nem nektek való – próbált csitítani Anita a hirtelen támadt zúgolódás hallatán. – Kérjétek az angyalok segítségét, amíg távol leszünk, én is azt fogom tenni folyamatosan – fűzte még hozzá, majd fürgén öltözködni kezdett.

Eközben az erdő távoli szegletében Cuki kutyus az igaz ebek álmát aludta gondtalanul. Jólesett a pihenés, miután a hosszas csatangolás során számos izgalmas kalandban volt része. Éppen elfáradt, s pont útjába került egy hasadék a patak partján, legmélyén egy kis üregre bukkant, amelyet mintha neki méretezték volna.

Kényelmesen elfért benne, ám elég kicsi volt ahhoz, hogy teste melegével kellemes hőmérsékletűre fűtse. Így aztán Cuki kutyust a vihar kitörése nem igazán zavarta, sőt a kint tomboló szél süvítése is csak letompult formában jutott füleihez, s altatódalként hatva segítette álomba.

Nagyon mélyen aludt, mit sem sejtve a természet erejének vad tombolásáról, mely kíméletlenül gyötörte, nyűtte a környéket, élet-halál harcra kényszerítve az útjába kerülő élőlényeket, s elpusztítva az óvatlanokat, vagy éppen a nem eléggé erőseket.

Valószínűleg Cuki kutyus is nagy bajban érezhette volna magát a félelmetes erejű, az átláthatatlanul szakadó havat fergetegesen kavaró széllökések ostromától; a csontig hatoló metsző hideg sanyargatásától; s a süppedő hóban nehézkesen mozogva és a rettegéstől nyüszítve menekült volna a vérfagyasztó robajjal földre zuhanó ágak, gallyak, vagy éppen kidőlt fák elől.

Ez viszont most kimaradt életéből, pedig csak pár percen és méteren múlott, hogy ne így legyen. Mintha gondoskodtak volna a gyanútlanul eltévelyedő ebről, aki kellemes körülmények között órák óta szundikált, mi több, remekül érezte magát. Álmában újra érezte azt a kedves szagot és még lágy simítást is érzett bundáján.

Ki tudja, meddig élvezi átmeneti szállása minden komfortját, ha üres gyomra mély korgásával nem jelzi, hogy azért nem fenékig tejfel az élet. Ez volt az első pillanat elkószálása óta, hogy gazdái, otthona, takaros házikója, s kis tálkája az eszébe jutott. Hol is lehet az a szerető kéz, mely finom falatokat vet neki – ez volt az ébredés utáni első gondolata és éhes hasától vezérelve mindjárt nekikerekedett, hogy megkeresse a hazautat.

Álmosan pislogva szemlélte a tovavonult vihar nyomait, s értetlenül szembesült a mozgását súlyos teherként akadályozó hótakaróval. Négy lábának minden erejére szükség volt, még mellkasával is túrta a havat, csakhogy haladhasson előre. Ki tudja, meddig jut ilyen körülmények között, ha egyszer csak nem éri el a közeli hegygerincet, hol a szél tevékenysége ezúttal áldásosnak bizonyult, s lecsupaszította a kőzetet.

Cuki kutyus zihálva pihent meg a könnyítés láttán, s feledve minden korábbi örömöt, csak a mielőbbi hazatérésre vágyott. Igen ám, de hol is van az otthon – rázta meg fejét, s más választás nem lévén, szapora léptekkel indult a legkönnyebben járható úton.

6.

Anett mozdulatlanul állt szembe Viktorral, azzal a férfivel, akinek tragédiát okozott meggondolatlanságával, s akiért annyi, de annyi hiábavaló áldozatot hozott. Tönkretette a saját életét, de még az apjáé is erre ment rá.

Igen, az az ember, aki oly sok szeretettel, figyelmességgel, törődéssel látta el Anettet, aki örökbefogadott gyermeke volt a sikeres üzletembernek. Ő volt az egyetlen ember, ki hatni tudott Viktorra, egy ideig.

Alkohol- és drogelvonó, a legjobb intézetek legelismertebb szakemberei fáradoztak a bajba jutott Viktor talpra állításán, ami sikerült is nekik. Viktor és Anett apja között bizalmas kapcsolat alakult ki, minek köszönhetően Viktor felelős állást kapott az egyik cégnél.

Olyan szépen alakult minden egészen addig az estéig, amikor egy rosszul öltözött állapotos nő becsöngetett az ajtón, némi étel után koldulva, hogy táplálhassa szíve alatt hordozott magzatát. Anett ellátta mindenféle jóval, nagy csomaggal eresztette útjára az ismeretlent, s lelkére kötötte, hogy jöjjön máskor is.

Soha többé nem látta újra, ám Viktort nagyon megrázta a nő felbukkanása. Azon az estén csak ült hallgatagon, teljesen magába roskadva, majd éjszaka látványosan berúgott, őrjöngött és teljesen kifordult magából.

Anett azóta se tudta megfejteni, miért hatott úgy a korábban soha nem látott kismama, aki talán hasonlíthatott a szerencsétlenül járt feleségre. Ám ez csak találgatás volt, hisz Anett nem ismerte, de még képet sem látott Viktor párjáról.

Az viszont biztossá vált, hogy fordulóponttá lett az a nap. Viktor újra inni kezdett, majd rendszeresen kaszinózni járt. Arra azért vigyázott, hogy Anett apja ne szerezzen tudomást róla, ő volt az egyetlen visszatartó erő, mely megakadályozta őt a mocsárba süllyedéstől. Az időhúzáshoz volt elég, s Anett elszorult szívvel várta, mikor üt be a ménkű.

Hamar bekövetkezett. Viktor meglopta, majd a lebukást követő számonkérés alkalmával megütötte az idős embert. Anett nem tudott apja szívbetegségéről, pedig lehet, hogy másképp döntött volna, s nem Viktort választja. A lelkét folyamatosan mardosó önvád erősebbnek bizonyult az apja iránti szeretetnél is, minek kitagadás lett a vége.

Ami azóta történt, az egyenértékű a pokoljárással. Apja nem bírta sokáig a nagy szomorúságot, amúgy is beteg szíve nem viselte el családja tragédiáját és néhány hónap múltán egy csendes hajnalon elhunyt. Minden vagyonát eljótékonykodta, Anett számára csak a szűkös megélhetést biztosító járadék maradt örökségül.

Apja halála soknak bizonyult, Anett hamar Viktor szintjére süllyedt. Amijük csak volt, alkoholra költötték, sőt ha futotta, a drogtól sem riadtak vissza. Utcákon, aluljárókban, parkokban aludtak és nem szégyelltek kéregetni. Viktor még a prostitúcióra is rávette volna Anettet, de azt már nem vette be a nő gyomra.

Ki tudja, mi lett volna a végállomás, ha Anett véletlenül nem esik teherbe. Megtartotta, nem vetette el, esélyt adva ezzel magának és Viktornak is egy új életre. Egyik pillanatról a másikra eldobta a cigarettát, egy korty alkoholt nem fogyasztott többé, a drogról pedig hallani sem akart.

Rávette Viktort, hogy verjenek tanyát az erdő közepén, távol mindenkitől, ahol kevesebb a kísértés, s talán egy alkalmas pillanatban a férfi is tudatára ébred születendő gyermekük iránti felelősségének.

Talán itt az idő, gondolta Anett, miközben szemrebbenés nélkül állta Viktor hideg tekintetét. Biztos volt magában, tudta, mit fog tenni: megszüli gyermekét, elfogadja a felkínált segítséget, jó anya lesz és felneveli újszülöttjét. Viktor velük tarthat, amennyiben képes megváltozni.

– Hallottam mindent, amit az erdésszel beszéltél – szólt a férfi.

– Jól színlelted az alvást, de mindegy. Hamarosan közös gyermekünk születik, s kapunk egy esélyt, hogy emberi körülmények között éljünk, és még dolgozhatsz is. Új irányba indulhatunk, s rajtunk múlik, meddig és hová jutunk.

– Megtettük már hányszor, sikertelenül. Csak arra mehetünk, amerre sorsunk engedi – rázta fejét Viktor tagadólag.

– Nem hiszem többé, hogy ily nyomorult élet legyen a sorsunk! – csattant fel Anett hangja indulatosan.

– Sorsunk adott, rajtunk csak annyi múlik, hogyan öltöztetjük. A lényegen nem változtathatunk.

– Eleget vezekeltünk mindketten a bűnünkért, elég volt! És ő – simított végig hasán Anett gyengéden – nem születhet büntetésre.

A gyermek említése szemmel láthatóan felindulttá tette Viktort.

– Bűnünkre nincs bocsánat e földi létben, de még halálunk után is törlesztenünk kell miatta. Jónak születtünk, aztán kaptunk egy felkérdezést, és letértünk utunkról. Ettől kezdve nincs választás – mondta egyre agresszívebb kifejezéssel.

– De van! – szállt szembe vele Anett. – Nem hiszek az elméleteidben, csak magamban és a gyermekemben hiszek.

– Az a gyerek, az a gyerek nem születhet le ide. Érted? – hebegte Viktor elfúló hangon és kezét a nőre emelte.

– Hozzám ne merj nyúlni! – üvöltötte Anett és a falhoz húzódott ijedtében.

A férfi keze megmeredett a levegőben.

– Bocsáss meg, kérlek! – motyogta és kirohant az ajtón.

Értetlenül nézett Viktor után, majd erősen hullámzó pocakját látva nyugalmat erőltetett magára, az asztalhoz ült és ivott egy korty tejet. Viktor nem árthat a picinek, gondolta és elhatározta, hogy mielőbb átköltözik az erdész által említett házba. Hogy miképpen birkózik meg a várható nehézségekkel, arra egyelőre nem volt válasza, inkább nekilátott megvetni az ágyát. Későre járt, meg nem is érezte túl jól magát.

Talán a viharnak, vagy Viktor viselkedésének köszönhetően, de úgy érezte, szétpattan a feje, de ami még aggasztóbb volt, fájni kezdett a hasa. Azon töprengett, ideje lenne kórházba vonulni, nehogy véletlenül itt kapja el a szülés, mert annak beláthatatlan következményei lennének.

Egyre elviselhetetlenebbé vált fejfájása, s úgy döntött, pár perces sétára indul lefekvés előtt, az biztosan segít valamennyit. Rakott a tűzre, jól felöltözött és elindult. Nagyon hideg volt odakint, ám csend és nyugalom honolt a tájon, a hold tele arccal világította útját.

Rövid idő múlva határozott javulást érzett fejfájását illetően, viszont egyre aggasztóbban jelentkeztek alhasi fájdalmai, ezért úgy tervezte, kicsit csodálja a csillagos eget, majd visszasétál és nyugovóra tér.

A szakadék szélén járt éppen, megállt és fejét az ég felé fordította, majd hosszasan kémlelte az égbolt végeláthatatlan fénypontjait. Alatta tátongó mélység, felette a végtelen űr. Csodálatos érzés, futott át az agyán, azután szemlehunyva arra gondolt: csak egy lépés előre, s vége szakadna minden megpróbáltatásának, s a pici sem születne e kegyetlen világra. Játszadozott a gondolattal néhány percig, ám életereje erősebbnek bizonyult.

Felülkerekedett gyengeségén, kinyitotta szemeit és megszilárdult lélekkel épp megfordulni készült és feledni a tátongó mélység hívogató csábítását, amikor görcsösen megszorították vállait.

Nem érte váratlanul, végig érezte sétája során, hogy követik, annak ellenére, hogy egyszer is megfordult volna. Azt is tudta, mi jár követője fejében, de nem félt. Sőt, várta a sorsdöntő fordulatot, bármit is hozzon.

– Mire készülsz? – kérdezte megvetéssel a hangjában.

– Nincs választásom. Már nincs – lehelte Viktor Anett fülébe.

– Miért félsz a gyermektől? Nem bírsz a felelősségtudatoddal?

– Nincs nekem olyan, már régóta.

– Akkor engedj utamra, reggel eltűnünk egymás életéből.

– Gondolod, ilyen egyszerű?

– Nem, de úgy határoztam, nincs több áldozat, sem a részemről, a gyermekről meg nem is beszélve.

– Az a gyerek nem születhet le! Megértetted? – hörögte Viktor indulatosan, s ujjaival vaskapocsként kezdte szorítani Anettet.

– Mit értsek meg? – kérdezte Anett, miközben próbált óvatosan beljebb kerülni a szakadék széléről, nem sok sikerrel.

– Az a lélek egyszer már le akart születni, akkor nem sikerült neki. Most újra jönne, de én megakadályozom bármi áron.

– Miket zagyválsz össze-vissza?

– Zagyválok? Nem, én tudom, mit beszélek, csak te nem tudsz még valamit.

– Nem érdekel semmi a múlttal kapcsolatban, nem árthatsz a lelki zsarolásoddal! Ha pedig fizikálisan képes vagy rá, tessék, lökj le! Végezz velünk, válj aljas gyilkossá.

– Én csak igazságot szolgáltatok, ha nem teszed meg magadtól. Ne kényszeríts!

– Micsoda? Te őrült vagy!

– Azt hiszed, büntetlenül életet adhatsz ennek a léleknek, aztán örömöd lelve egyengetheted földi útját, holott egyszer már megölted?

– Elég ebből! – csattant fel Anett hangja.

– Még nincs vége a történetnek. A feleségem, amikor öngyilkos lett, magzatot hordott a szíve alatt. Csak ő tudott róla, alkalma sem volt elmondani. Egy ideje érzem, sőt biztosan tudom, az a lélek akar újra leszületni. Meg tudsz már érteni? – kérdezte a férfi vérben forgó szemekkel.

– Ez nem lehet igaz! Ilyen nincs! – fakadt ki Anett megtörten.

– Higyjél nekem!

Síri csend honolt néhány lélegzetnyi ideig, majd Anett beletörődéssel válaszolt.

– Tényleg nincs más út. Ez a vég.

– Örülök, hogy belátod – suttogta Viktor lecsillapodva és mindkét kezével engedett szorításából.

– Hadd simítsam az arcod búcsúzóul! – kérte Anett, s választ se várva, lassú mozdulattal megfordult, miközben óvatosan beljebb tolta Viktort, aki mindezt hagyta.

Ezután mélyen egymás szemébe nézve álltak néma csendben. Anett bal kézfejét végighúzta Viktor arcán, jobb kezével a kabátja alá nyúlt, majd hirtelen mozdulattal elővett egy kődarabot és minden erejét megfeszítve hatalmasat sújtott a gyanútlan férfi fejére, aki élettelenül terült el a szakadék szélén.

Eszeveszett rohanásba kezdett, nem akart mást, csak el minél messzebb a szörnyűséges helytől. Elesett, megütötte a hasát, de nem érdekelte, folyamatosan a vérző fejjel, élettelen testtel heverő Viktor lebegett a szeme előtt. Segíteni kell rajta, ez volt az egyetlen épkézláb gondolata, de képtelennek érezte magát arra, hogy megtegye.

Felállt, újra futni kezdett, majd pár métert követően megint a hóban kötött ki. A lábszárán érződő magzatvíz melege vetett véget a pániknak, ettől kezdve nem számított Viktor, csak az vezérelte: visszajutni a kunyhóba.

Egyre sűrűbb és erősebb fájások nehezítették haladását, az utolsó métereket csúszva-mászva, önkívületi állapotba kerülve tette meg. A kunyhóba érve teljes mértékben elveszítette tudatát, így készített magának helyet a földön, s így szenvedte végig a vajúdást.

Úgy szült, akár az állatok. Ösztönei által vezérelve pontosan tudta, mit, mikor és hogyan kell cselekedni. A természet ereje lakozott benne, amely átsegítette a legkritikusabb pillanatokon is, mikor emberi ésszel szinte felfoghatatlan küzdelmet vívott. Maradék energiájával ellátta csecsemőjét, gondosan betakarta a megvetett ágyban, majd erőtlenül dőlt el a matracon és mély álomba merült.

7.

Kiskutyusoktól szokatlan kitartással, rendületlen akarattal folytatta éjszakai útkeresését hazafelé az egyre mostohább körülmények közé kerülő Cuki. Testének izmai mind fáradtabbá váltak az órák óta tartó kimerítő mozgástól, ha pedig pihenni vágyott volna, akkor a dermesztő hideg késztette továbbhaladásra.

Időnként feltekintett feje fölé és szomorú vonyítást hallatott a gúnyosan vigyorgó telehold láttán, de olyan is megesett, hogy ijedten nyüszített az erdő félelmetes vadjainak messze szálló lármáját hallván. Bátor kutyus ő, de oly kicsinek és elhagyatottnak érezte magát, ráadásul gyomra is folyamatosan korgott.

Mind jobban sóvárgott az otthona után, mind inkább szerette volna hallani gazdái hangját, érezni kezük simítását, s a rendszerint oly bosszantó parancsolgatások sem tűntek annyira szörnyűnek.

Egyelőre viszont csak céltalanul bolyongott, csupán ösztönei vitték előre, gőze sem volt, merre jár. Többnyire szél seperte útját, mindig arra tartott, amerre könnyebben haladt.

Egyszer csak izgalmas dologra lett figyelmes, mikor egy ösvény keresztezte útját, hol ismerős lábnyomokat vélt felfedezni. Ez az ő gazdájának a szaga, rázta meg buksi fejét az alapos szimatolást követően. Igen ám, de melyik irányba induljon tovább, épp azon gondolkodott, amikor egy esetlenül ugrabugráló tapsifülesre lett figyelmes, aki nehézkesen haladt felfelé az ösvényen.

Azonmód nyomába eredt kíváncsiságától vezérelve, s talán el is kapta volna, ha nem tűnik el szőrén-szálán az üldözött. Így hát Cuki kutyus hoppon maradt, s ha már épp erre indult meg, nem maradt más, mint lehorgasztott fejjel követni kezdte gazdája lábnyomát.

Anita és László elcsigázottan, átfagyva és egyre elkeseredettebben kutattak az elveszett kis kedvenc után. Felváltva szólongatták, füttyentgettek, szemüket erőltetve kutatták a nyomokat, vagy körbekémleltek, mikor bukkan fel kutyájuk közeledő alakja lámpájuk fénynyalábjában.

Megálltak egy bögre jó forró, citromos tea erejéig. Anita öntött mindkettejüknek a rózsaszín termoszból, s mielőtt ittak volna, kérdőn nézett László szemébe.

– Van még remény?

– Nem térünk haza nélküle – válaszolt László és megcirógatta kedvese kipirult arcát, megcsókolta, azután nagyot kortyolt teájából.

– Én jöttem haza, mielőtt elszökött. Olyan határozottan emlékszem, hogy becsuktam a kaput. Érthetetlen – kesergett Anita.

– Ne gyötörd magad! – vigasztalta László. – Különben is, bármi történhetett.

– Mégis mi? – kíváncsiskodott Anita.

– Például a viharos szél belökte a kaput, vagy éppen erre járt valaki és szórakozott velünk, vagy éppen … – itt László elhallgatott és csalfa mosoly ült ki arcára.

– Vagy éppen? Folytasd! – csendült Anita hangja némi gyanakvással.

– Hát, hát, kicsit szenilisnek tetszik lenni.

– Mindjárt nyakon öntelek, te szemtelen erdőkerülő! – reklamált Anita és kezével megfenyegette párját.

– Lóduljunk inkább, érzem a zsigereimben a kis átkozott közelségét! – próbált László kitérni a támadás elöl.

– Remélem, nincs baj a zsigereiddel! – morgolódott Anita, majd párja után indult, aki taposta neki az utat a térdig érő hóban.

Kábultan ébredt, azt sem tudta, hol van, mennyit aludt, a szülés és a gyermek teljesen kiesett emlékezetéből. Lehunyt szemmel próbált gondolkodni, testét oly nehéznek érezte, hogy mozdulni sem volt kedve. Aztán felvillant az első kép, amint Viktor szorításából menekülni készül a szakadék szélén, majd átélte a végzetes csapást és látta a véres fejjel a hóba rogyó férfit.

Ismét pánikba esett, mint akkor, minden porcikájában remegni kezdett, arcát a két kezébe temette és zokogott.

– Miért is fogtam magamhoz azt a kődarabot? – hajtogatta eszelősen.

Nem tartott soká ez az állapot, hamarosan hihetetlen erő szállta meg lelkét, úrrá lett teste gyengeségén, felállt és elindult, hogy segítsen, ha még lehetséges. Nem húzott kabátot, de még az ajtót sem csukta be rendesen maga után, s kiérve a szabadba tébolyultként támolygott előre a süppedő hóban.

Viktor ott feküdt vérbe fagyva, ahol utoljára látta, arcán sanyarú sorsú életének minden fájdalmával. Lelkileg teljes megsemmisüléssel rogyott le mellé a földre, elhagyta testének minden ereje.

Elméje váratlanul megtisztult, soha nem tapasztalt nyugalom és beletörődés kerítette hatalmába, s egyöntetűen érezte a vég közeledtét. Hanyatt fordult, szemei lecsukódtak és két kezét megszokásból hasára helyezte. Mintha álmodott volna, s valamily erő visszarepítené a kunyhóba, ahol látta gyönyörű gyermekét a hófehér ágyneműbe süppedve. Észre sem vette, otthagyta sorsára,- próbált feleszmélni, ám egy hang azt súgta: így kellett lennie.

Ekkor, földi létének utolsó próbájaként tett egy kísérletet, hogy gyermekéhez induljon óvni, vigyázni, szeretni őt, de mozdulni sem tudott. Orcáján meleg és lágy nyalogatást érzett, oly kedves és szerető volt ez, miben nem volt része hosszú-hosszú idők óta. Megint látta gyermekét, aki ártatlan arccal csendben aludt, körülötte számos apró fényes gömb repkedett tüsténkedve, burkot vonva piciny teste köré.

Mielőtt lelke végleg elhagyta testét, teljes bizonyossággal tudta: gyermekének nem eshet bántódása!

Cuki kutyus egyre nehezebben mozgott, mind nagyobb erőfeszítésébe került az előrejutás. Már egy alkalmas helynek is nagyon örült volna, hol meghúzódhatna valameddig, nemhogy az otthonának, az udvaron reá váró házikójának.

Okos kutyus lévén, kitartóan követte gazdája lábnyomait, még ott is, ahol olyan torlaszt kotort a szél, hogy majdnem elveszett benne. Pont egy ilyenen vergődött át lihegve, amikor egy sötét kupac került útjába, mely félelmet és rossz érzést váltott ki belőle.

Szűkölve kerülte meg, majd mindjárt egy másikba botlott, melyről közelebbről nézve derült ki, hogy gazdáihoz hasonló kétlábú fekszik előtte. Kitörő örömét barátságos farokcsóválással és kedves nyalogatással fejezte ki, majd kisvártatva továbbhaladt, mint akinek fontos dolga akadt.

Hamarosan megpillantotta a kunyhóból kiszűrődő halovány fényt, mire lépteit szaporázni kezdte a kitaposott csapáson, s perceken belül be is surrant a résnyire hagyott ajtón. Nem látott senkit, lerázta bundájáról a havat, majd a kályha mellé hevert, ahol ugyan tűz nem pattogott, de azért adott kevéske meleget. Végre pihenhetett, az a fránya hideg nem gyötörte, még üres gyomráról is képes volt megfeledkezni és fejét mellső lábain pihentetve pillanatokon belül elaludt.

Nem sokáig élvezhette e békés állapotot, bundája épphogy megszáradt, mikor fülsértő éles hangra ébredt. Riadtan ugrott négy mancsára, s bámult a hang irányába, de nem látott semmit. Közelebb húzódott az ágyhoz, első lábaival felkapaszkodott és akkor fedezte fel a Briginél is jóval kisebb emberpalántát, aki torkaszakadtából hallatta vékonyka hangját.

Cuki kutyus azonnal elővette mindenre hatásos csodafegyverét, csóválni kezdte farkát és alaposan körbenyalta a pici fejét, aki végre csendesedni kezdett. Azután Cuki felugrott az ágyra, kényelmesen nyúlt el a tiszta paplanon, a nyakig betakart pici mellett, teste melegével védelmet nyújva neki a nyitott ajtó felől beáramló hideg levegő ellen.

Anitáék egyre elcsigázottabban, ám egyre makacsabbul folytatták a keresést. Lassan pirkadni kezdett, amikor László fejében első ízben fordult meg a feladás gondolata. Megállt és kitöltötte utolsó adag teájukat, majd kellő óvatossággal próbálta kifürkészni Anita szándékát.

– Mit gondolsz, meddig folytassuk? – kérdezte.

– Nem tudom – szólt a kurta válasz.

– Nem kellene hazatérnünk?

– Nem! Nem lehet, hogy elveszítsük!

– Te szoktad mondani, mindennek oka van. Talán, annak is, hogy nyomát sem találjuk, bármeddig megyünk is.

Anita könyörgő szemekkel nézett Lászlóra és kérlelve suttogta.

– Könyörgöm, ne add fel! Biztos, hogy mindennek oka van, de tudom, hogy még nem adhatjuk fel. Ígérem, szólok, ha másképp érzek!

– Lehet neked ellenállni, mikor így nézel az emberre? Akár az Északi-sarkot körbeszökdelném egy szál alsóban –

adta beleegyezését László nevetve, és újult erővel vágott neki az elébük kerülő ösvénynek, kézen fogva húzva maga után kedvesét.

Alig tettek meg pár métert, mikor Anita izgatottan mutatott a lába elé, hol a lámpafény lábnyomokat világított meg.

– Nézd csak! – hívta fel párja figyelmét.

– Hmm. Alighanem tőlem származnak, erre jöttem haza attól a hajléktalan pártól, miután elállt a vihar. De nézd csak! – világított László néhány méterre maguk elé. – Ott bal kéz felől friss csapás csatlakozik az ösvényünkhöz, biztosan állattól származik.

Vezényszóra nyújtottak lépteiken, s a következő percben már alapos vizsgálódásnak vetették alá a jól kivehető tappancsnyomokat, majd László felállt és diadalittas arckifejezéssel megállapította.

– Vagy egy kifejlett eb, viszonylag apró, de inkább egy kölyökkutyus hatalmas mancsokkal, akár a mi Cukink.

Kitörni készülő örömmel lelkükben ölelkeztek össze, de nem akartak ideje előtt ünnepelni, rögvest feszített tempóval eredtek Cuki nyomába. Zihálva kapaszkodtak fel a meredek szakaszon, mely a szakadékhoz vezetett. László épp visszanézett, Anita hogy bírja, amikor majdnem rálépett Viktor tetemére.

– Te jó ég! Mi ez? – hökkent meg és lehajolt.

– Ott a másik! – kiáltott fel Anita, ő meg ott állt meg.

László szólalt meg előbb.

– Itt már nincs mit tenni. A férfi nem él.

– A párja sem! – kiáltott Anita kétségbeesetten. – Mi történt itt?

– Nem tudom, de ne nyúljunk semmihez! itt van közel a kunyhójuk, menjünk oda, biztos nincs ilyen dermesztően hideg! Megpróbáljuk értesíteni a rendőrséget, talán lesz térerő – tanácsolta László és elsiettek a gyászos helyről.

Anita László után lépett be a helyiségbe, ennek ellenére ő vette észre előbb az ágyon békésen szundikáló Cukit. Örömsikolyt hallatva rohant oda hozzá, magához ölelte, csókolgatta és simogatta ott, ahol érte a riadtan ébredő ebet. László is engedett érzelmeinek és beszállt az önfeledt ünneplésbe.

Szegény Cuki azt sem tudta, ébren van-e, vagy csak álmodik, amikor László előkapott egy nagy szelet rántott húst a táskájából és szájához tartotta, ám a mennyei ízek elég meggyőzőnek bizonyultak a valóság felismeréséhez.

Fel sem ocsúdhattak első örömükből, amikor halk nyöszörgésre lettek figyelmesek, s még mielőtt felfedezhették volna a hang forrását, keserves oákolás tört elő egészen közelről. Egyszerre pillantották meg a paplan alól éppen csak kikandikáló hajtincseket, és bukkantak rá a párna közepébe süppedt újszülöttre.

– Egy kisfiú! – kiáltott László ámultan, miután megemelte a takarót.

– Az édesanya megszült, mielőtt végleg elment – szólt Anita elérzékenyülve, majd éledő ösztöne által vezérelve szétnyitotta felsőruházatát és óvatos mozdulattal felemelte a kis testet, szorosan a kebléhez ölelte és annak melegével nyújtott neki biztonságot és megnyugvást.

Testével lágy ringatózásba fogott, gyengéden simogatta a pici fejecskéjét, s teljesen megfeledkezve a világról, édesded dúdolásba kezdett. Szemébe könny szökött, fejét az ég felé vetette és teljes hitével tudta: azt a kis lelket, akit most rábízott a sors, neki kell oltalmazni, védeni és vezetni földi létének tekervényes útján.

A pirkadat első kósza sugarait vetette rájuk, bearanyozva az Anett által oly kedvelt ablak üvegét, a távolból madárdal szállt feléjük, alig hallhatóan zenélve fülüknek.

– Hallod? – hozta vissza Anitát valahonnan nagyon messziről László hangja.

– Igen, hallom! Sok dolguk volt az angyaloknak éjszaka, s most szórakoznak egy kicsit – válaszolta és hálás pillantást vetett a férfire.

UTÓSZÓ

Kis szellő fújdogált a színpompás táj felett. Tavaszi arcával kedveskedett a végeláthatatlan rengeteg, virágba borult fák díszítették a tengernyi zöldet, messze szálló illatukkal köszöntve a szívesen látott vendéget.

Vígan lengedezett a kis szellő ide-oda, gondolta, beköszön mindenhová, mielőtt tovaszállna. Rég akadt dolga errefelé, s most is máshová tartott, csak épp tett egy kis kitérőt.

Leereszkedett az óriásként posztoló tölgyek lombkoronája közé, vígan zizegtette kocsányos leveleiket; körbetáncolta az útjába kerülő állatokat, hűsítő fuvallatot lehelve napsütötte bundájukra; hangversenyt vezényelt a teli torokkal éneklő madarak seregének; megcirógatta a kis patak fodrozódó hullámait; majd a közelben tornyosuló szirtek felé tartott.

A szakadék széle felett járt, néhány lépésre a tátongó mélységtől egy szelídgesztenye-csemete integetett egyetlen fehérlő virágával. Alászállt a kis szellő, megpaskolta a csemete vékonyka ágait, magával ragadta egy szirmát a virágnak, s nyílegyenesen délnek indult.

Nem repült messzire, mikor az erdészház udvarán vidám kép tárult elé. Népes család ifjú tagjai hancúroztak a frissen nyírt pázsiton, egy szép és erős kutyát bolondítottak pöttyös labdával. A bordó ernyővel felszerelt hintaágyon derűs arcú férfi és nő szórakozott a látványon, előttük pedig aranyszőke hajú, égszínkék szemű angyal totyogott hófehér kiscipőjében.

Nem állta meg a kis szellő, újfent alászállt és incselkedett kicsit a gyanútlan ebbel, aki eszeveszett módon hajkurászni kezdte lompos farkát, hatalmas derültséget keltve környezetében. Ezután gondolt egyet a szellő, s ártalmatlan forgószéllé változva táncot járt a hintaágy közelében.

Vezényszóra minden szempár rászegeződött, az aranyhajú karnyújtásnyira tipegett és pici kezével nyúlt felé, mire a mosolygós arcú nő ott termett mellette, felkapta és karjára ültette az ámult gyermeket.

– Őt úgyse tudod megérinteni! Inkább integessünk neki! – mondta rendkívül kellemes hangján és egyszerre kezdték lengetni jobbjukat.

A kis szellő tett még pár fordulatot, azután magasba röppent, de még vetett egy búcsúpillantást. A mosolygós arcú végigsimított az aranyhajú kis buksiján, bal mutatóujja éppen csak tapintott valamit.

– Nézd csak, egy virágszirom! Mily nemes, szép és titokzatos. Tudod mit? Tegyük el emlékbe! – súgta a pici fülébe.

Új erőre kapott a kis szellő, még magasabbra reppent és új tájak, erdők, állatok, madarak, emberek, történetek és feladatok felé vette az irányt.